CW00498856

Raphaël 4
Et la Bague d'Argent

R.J.P Toreille

Raphaël 4

Et la Bague d'Argent

Roman

ISBN : 979-10-377-1221-9

Chapitre 1
Le défi

Un an est passé depuis le retour du roi dans son royaume de Palès.

Raphaël et le prince Olivier de Réas, dans la chambre, discutèrent ensemble de la manière dont l'avenir sera fait.

— Je me demande comment l'avenir sera avec lui ? se questionne attentivement le beau et talentueux prince Olivier de Réas.

— Un règne de terreur, le roi est un monstre capable de tout, répondit Raphaël.

Le prince le regarda très inquiet et s'assit sur le lit.

Raphaël s'approcha de lui, le prit dans ses bras et lui demanda :

— Qui a-t-il Olivier ? s'inquiète Raphaël

— Je ne sais pas pourquoi, mais tu es la personne la plus importante de ma vie, explique le prince de Réas.

Raphaël l'a remercié et l'embrasse avec un long baiser d'amour.

Au même moment, Alice arriva avec ses saïs et leur demanda de venir s'entraîner dans les jardins du château.

— Tu veux venir ? Nous allons nous entraîner dans les jardins.

— Oui, on vient, répondent Raphaël et le prince.

Ils se lèvent, Raphaël s'approcha de son placard et saisit son épée en or, et son bouclier bleu, pendant que le prince saisit son arc, et suivent Alice et vont dehors, et rejoignent les autres pour l'entraînement préparé par la reine Marianne de Réas dans les jardins du château.

Mais en arrivant, Bella demanda si le roi pourrait dominer le royaume de Réas.

— Mais ne t'inquiète pas, avec nous dans le royaume, vous ne risquez rien, lui a répondu Édouard, le serviteur de Réas.

Et nos héros s'entraînent sous le regard de la souveraine.

— Céline, ne me fais pas mal avec ta corde, raconte Bella qui souffre du bras gauche.

— Mais oui ne t'en fait pas ce n'est pas mon genre, répondit Céline, qui s'inquiète pour Bella.

Charles commença très lentement à s'approcher de Rose et Raphaël en pensant très sérieusement.

— Comment fais-tu pour bloquer ses attaques ? demande-t-il, d'une aire incrédule.

— Avec intelligence, expliqua en répondant notre jeune héros âgé de vingt-trois ans.

Quelques minutes plus tard, quand soudainement pendant l'entraînement, ils sont interrompus par un soldat de Réas.

Il s'approche de la reine et avec son regard inquiet, il dit :

— Majesté, le roi veut vous voir, dit-il.

— Que veut-il ? demande la monarque, tout méfiante.

Le soldat expliqua que c'est personnel et qu'il souhaite la voir, et la reine, se leva de son fauteuil et alla dans la salle du trône pour entendre ce qu'il voulait.

Les autres regardent Marianne, partir, avec en elle, un air, paniqué.

— Qu'est-ce qu'il y a ? demande Charles.

— Je ne sais pas, Rose répond, en gardant un œil sur Marianne.

— Allons voir ! s'exprime Bella.

— Oui, allons-y ! rajoutent Alice et Raphaël.

Ils vont rejoindre la reine Marianne dans la grande salle du trône et regardent la reine assise sur son trône.

La monarque a demandé à son valet pour vérifier si un piège est prévu.

— Ouvrez la barrière et voyez s'il n'y a pas de pièges, je me méfie sérieusement de lui.

— Bien Majesté, répond son serviteur.

Il ouvra la barrière qui a été appliquée par la souveraine une année plus tôt.

Ils attendirent quelques minutes quand, tout à coup, les portes s'ouvrirent et envoyèrent un courant d'air d'une force presque d'un puissant ouragan, le tonnerre et les nuages dominant la salle du trône et le roi apparut seul suivit par ses soldats avec son sceptre à la main et son aigle venant se poser sur sa puissante relique.

Il marcha lentement vers elle et dit à la reine de Réas.

— Mais je n'ai jamais demandé à toutes ces belles personnes. Son Altesse, le serviteur et… Il y a également aussi les monstres qui ne me tiendront jamais, mais jamais devant moi ! il a dit, dans son regard barbare.

Alice, voulant se jeter sur le roi, mais Rose, la tient fermement.

— Je t'offre un marché reine Marianne, propose le monarque de Palès.

— Vos marchés ne sont pas intéressants, espèrent de vieux démons déglingués du cerveau de porc ! cria en s'énervant Alice.

— Vraiment ! Ah, et vous me dites ça, je pensais que ça pourrait vous intéresser ou même vous faire plaisir. Mais si c'est comme ça, répondit calmement le souverain en caressant doucement son aigle noir, tout en ayant gardé son sang-froid.

La proposition de Nomrad inquiéta fortement la reine et lui demande comme même :

— Je vous écoute et quel est ton marché ?

Nomrad la regarda avec ses yeux rouges et dit :

— Je vous défie devant la reine de Réas, sachez que quelque part dans l'archipel de Siatnerahc, se cache une bague en argent et quiconque la trouvera devra renoncer à son royaume et le cédé. À l'autre ! s'exclame le souverain.

Il se mit à rire, mais la reine sentit un piège qu'elle exprima comme suit :

— Emparez-vous de ce sorcier diabolique !

Les gardes sont arrivés pour capturer le roi, mais les troupes de Palès sont intervenu et Nomrad leur a répondu de ne pas intervenir et repousse d'une puissance les soldats de Marianne et dit pour conclure sa visite à Réas :

— Je serai la personne le plus puissant de l'univers !

Et il disparaît dans un vent glacial avec ses troupes.

Raphaël s'est approché de la reine et a demandé :

— Est-ce vraiment un piège ?

— Nous préférons être méfiants. Si ce n'est pas un piège, nous irons chercher la bague mentionnée par le roi Nomrad, dit le prince Olivier.

La reine a expliqué que puisque le professeur Kurt est en voyage, ils ne savent pas ce qu'il va dire.

Édouard s'approcha rapidement d'Alice et de Bella et leur dit doucement dans les yeux :

— Faites attention à vous, raconte-t-il.

— Oui, on va se méfier, mais le professeur n'est pas là. Comment savoir s'il dit la vérité ? Bella se demande.

— Le roi est un menteur, avec lui, tout le monde vit dans la terreur, répondit Raphaël, très sérieux.

La reine ne connaît aucune information sur la bague d'argent et demande à tout le monde de regarder dans la bibliothèque.

— Nous y allons voir, dit tout le monde.

— Bien, je vous attends ici, explique la reine de Réas.

Nos héros quittent la salle du trône et se dirigent vers la bibliothèque de Kurt.

Mais dans les couloirs, Alice s'approcha de Raphaël et lui demanda :

— Raphaël, tu as pensé à une nouvelle tentative pour Nomrad de t'abattre ?

— J'y pense. J'y pense, explique Raphaël.

En marchant dans les couloirs, ils regardent en même temps les tableaux accrochés au mur.

— Je peux dire que les tableaux blancs et bleus, sont magnifique, murmure Bella à Céline.

Le prince Olivier s'exprime ainsi avec plaisir :

— Regarde celui-ci Bella, c'est moi quand j'avais cinq ans, avec mon père et ma mère.

Bella regarda le tableau avec Céline, et ensuite, ils continuèrent leur chemin jusqu'à la bibliothèque de Kurt.

Devant la porte, ils y entrent à l'intérieur.

Chapitre 2
La décision

Arrivé à la bibliothèque, le prince monta à une échelle pour prendre de la hauteur.

Alice et Bella regardent tous les livres pour trouver un indice.

— Il n'y a rien, s'agace Alice.

— Il faut regarder partout. Rose répond.

Le prince au sommet de l'échelle a examiné attentivement certains livres.

— Laissez-moi regarder, demande Raphaël au prince Olivier.

Il descend l'échelle et notre jeune héros monta et regarda.

En essayant d'attraper un livre, il tombe accidentellement dans les bras du prince et dit :

— Vous avez de beaux yeux, vous savez.

Ils commencent à s'embrasser, quand tout à coup Charles arrive et dit :

— Ho, les amoureux ! dit-il en riant joyeusement.

— Ah non ! Tu ne vas pas recommencer ! disent comiquement Raphaël et Olivier sur la blague de Charles.

Céline pense à quelque chose et raconte :

— Je pense que je sais où nous pouvons obtenir des informations.

— Comment ? demande Bella.

— Le roi a parlé de l'archipel de Siatnerahc, alors c'est là dans ces livres, répond Céline.

Elle se rendit dans les livres qui parlent de l'archipel de Siatnerahc et trouva dans le livre que tout le monde cherchait et lisait les écrits sur cet archipel et avait également trouvé des précisions sur la bague en argent, mais elle ne savait pas où elle se cachait.

— Elle se cache dans une de ces cinq îles de l'archipel apportons le à la reine ! cria de joie Céline.

Ils quittent ensuite rapidement la bibliothèque avec le livre et le donnent à la reine Marianne et au serviteur.

La souveraine le lisait et rapidement, elle a convoqué tout le monde dans la salle du conseil pour en parler.

Elle se leva de son trône et partit avec son servant et le reste de nos héros.

— Je me demande quand Olivier m'offrira une bague, raconte Raphaël à Charles.

— Bientôt, Bientôt, répond-il sous les rires de Bella qui les observer.

Rose regarda à son tour Bella et lui demande :

— Pourquoi tu rigoles toi encore ?

— Pour rien, pour rien.

Arrivés dans la pièce, ils s'assoient et discutent ensemble pour continuer et se mettre d'accord sur la proposition du méchant roi Nomrad.

Alice dit :

— C'est un piège comme on connaît le roi, dit-elle.

— Oui, il faut se méfier de lui très sérieusement, car il est très dangereux et beaucoup plus puissant, répond Alice.

La monarque prit aussitôt une décision, la plus importante de sa vie de monarque, elle décida de retourner dans la salle du trône suivie de nos héros.

Dans les couloirs, le prince Olivier s'arrêta et observa le tableau représentant son père, le roi de Réas.

— Tu vas bien, Olivier ? demande Céline.

— Oui, j'ai peur de perdre ma mère et Raphaël de la même manière que j'ai perdu mon père, répondit le prince de Réas en larmes de grande tristesse.

— Ne t'inquiète pas pour eux, ils seront se défendre très facilement crois moi.

Après s'être séché les larmes, ils continuent leur chemin et tous arrivent dans la salle du trône et Marianne décréta :

— Tout le monde se prépare, Charles, Céline, Rose restée ici avec Édouard pour surveiller le château.

— Oui, très bien, Votre Majesté, dit Charles.

— Nous irons nous former grâce au monsieur très gentil qu'est votre serviteur. Rose a raconté.

Le valet la regarda avec sourire et aima entendre cela.

Et Rose, accompagnée du valet, de Céline et de Charles partent se former, quand un moment, Céline demande à Charles :

— Acceptes-tu de t'entraîner avec moi ?

— Avec plaisir, répondit Charles.

Rose les rejoint et ensemble, avec leurs grands sourires, tout joyeux, ils quittent la salle du trône avec Édouard.

Sous les yeux des autres qui rient bêtement.

La souveraine commande à tous :

— Nous partirons à la recherche de la bague d'argent, mais vite avant que le roi ne le trouve, elle a commandé.

Raphaël s'est approché d'elle avec le prince et a dit :

— La bague est une relique qu'aucun humain n'a trouvée depuis des siècles.

Le prince demanda où elle se trouvait et la monarque de Réas lui répondit :

— Selon les informations, elle se trouve actuellement dans l'archipel de Siatnerahc, où se trouvent cinq îles.

— Tu n'as pas écouté, ajoute Raphaël.

Le prince regarda son compagnon en riant.

Ils décident tous d'accepter la proposition du roi, et de garder leur méfiance.

Depuis son château dans son laboratoire secret aux sous- sols, le roi les observa sérieusement dans sa boule de cristal avec son aigle noir.

Il ordonne de partir immédiatement sur son navire à la recherche de la bague.

Il dit rapidement :

— Nous la trouverons avant ces misérables ! explique le monarque de Palès très méchamment.

— Mais ce n'est pas la bague qui vous intéresse ? répondent Alia, le lieutenant et Andrew le serviteur du roi.

Le monarque croit qu'il est un piège, c'est d'attirer la reine et le prince de Réas hors de leur royaume pour les anéantir.

— J'organise un piège, je ne peux pas tuer la famille royale de Réas dans leur château, car ils sont protégés par la chose.

Tout à coup, un homme est arrivé et a ouvert la porte du laboratoire avec ses vêtements gris et sa mini cape rouge et dit :

— Je me porte volontaire pour cette tâche mon père ! Se propose le jeune homme.

Ce jeune homme n'est autre que le prince de Palès, le fils cadet adopté du roi.

— Bon Gordon, tu pars immédiatement avec les hommes, tue tous ceux qui se mettent sur ton chemin, ordonne Nomrad.

Le roi lui a affirmé avec son sceptre entre ses mains qui va le regarder depuis sa boule de cristal.

— Nous partons pour rester en avance sur la reine ! Explique le prince Gordon.

Le prince de Palès quitta le laboratoire et rejoint des hommes et leur explique la mission.

Ils rejoignent les écuries, s'équipent et quittent la propriété sous les yeux d'Andrew, du Lieutenant et d'Alia, qui observent depuis la fenêtre du sous-sol du palais.

Le prince Gordon arrive rapidement au port du royaume de Palès.

Sur le port de Palès, des hommes demandent :

— Où se trouve le navire Majesté ?

Le jeune prince sans réponse se concentra et fit remonter à la surface le navire noir, caché sous l'eau.

— Sous les eaux ? demande un homme.

Le navire noir était orné d'un aigle royal et des traces de brûlures.

Ils montent et partent vers l'archipel de Siatnerahc.

— Lever l'ancre ! décréta Gordon.

— Oui, Majesté à vos ordres Votre Altesse ! crient les soldats du roi Nomrad avec un ton terrifiant.

Les soldats obéissent à l'ordre et naviguent vers l'archipel de Siatnerahc pour tuer la reine Marianne et son fils.

— Mon père veut les tuer ! se dit le prince.

Et le bateau de Nomrad navigua sur les flots.

Chapitre 3
La belle équipe

Presque au même moment, au château de Réas, tout le monde s'inquiète d'un coup préparé par le roi, la souveraine décide de partir également.

Raphaël et ses amis veulent l'accompagner dans cette quête, mais n'osent pas le lui dire.

Charles revient avec Rose et Céline et leur dit :

— Bonne chance à toi.

— Merci, vous saurez, vous débrouillez seul ? demande la reine à Édouard.

— Bien sûr, vous ne le faites pas, répondit Édouard, son valet.

Et ils repartent se former avec le valet de Réas.

— Je viens avec vous ! s'exprime Raphaël à voix haute.

— Nous aussi ! répondent Alice, Bella et le prince Olivier.

— Très bien, ça va, j'aurais aussi besoin de votre aide, répondit la monarque de Réas.

Raphaël se dirigea vers ses armes qu'il avait apportées pour l'entraînement avant l'arrivée imprévue de Nomrad, comme pour ses amies qui suivent le même exemple que notre jeune héros.

Ils descendent à l'écurie avec leurs armes habituelles et sortent du château avec des soldats, ils partent tous en trottant vers le port du royaume de Réas sous un beau soleil d'été.

Mais dans leurs départs, Charles, Céline et Rose les observent par la fenêtre, et espèrent qu'ils réussirent la mission.

Pendant leur chemin, le prince s'inquiète :

— J'ai un mauvais ressenti, s'inquiète le prince Olivier.

— Ne pense à rien fait comme Raphaël, répondit et rassure Bella.

Ils arrivent au bout de quelques minutes, ils descendent de leurs cheveux et trouvent des marins partout.

La reine s'est arrêtée et a trouvé un bel équipage motivé, nos amis les ont regardés et se sont approchés des marins et la reine a demandé :

— Bonjour, j'aimerais parler à votre capitaine ?

Les marins ne s'attendaient pas à voir la monarque de Réas devant eux et leur répondent :

— Derrière Votre Majesté, répondent les marins.

Le capitaine est arrivé et a dit :

— Bonjour Majesté, je suis le capitaine Benjamin et voici mes marins de navigation, il a raconté.

— Bien, j'ai un service à vous demander, j'ai déjà un navire en ma possession et j'aurais besoin de marins motivés, explique la reine.

Raphaël raconte discrètement à Alice :

— Pas fameux les marins, il a dit en lui murmurant dans l'oreille.

— Qui a dit ça ?! demande un marin avec un couteau.

— Oups, désolé, répond Raphaël.

— Vous voyez que vous pouvez vous tromper, ça peut le faire, répond le prince Olivier.

— Ne commence pas ! Raphaël répond en rigolant.

Ils écoutent attentivement la conversation entre la reine et le capitaine.

Bella demanda au capitaine :

— Vos marins, peuvent-ils risquer le danger pour le roi ?

— Bien sûr. Pourquoi cette question ? demande le capitaine Benjamin.

Bella et Alice expliquent la situation et le capitaine accepte le voyage avec nos héros.

Raphaël et le prince disent alors :

— C'est une belle équipe, ils disent.

Le capitaine a ordonné aux marins de préparer cela et a décidé de monter à bord du navire de la reine Marianne.

— Messieurs, nous partons maintenant, ordre de Sa Majesté, décrète le capitaine Benjamin.

Les marins se mobilisent et préparent tout pour le voyage, aidés par nos héros.

— Laissez-nous vous aider, dit le prince Olivier.

— Merci beaucoup, Votre Altesse, répondit l'un des marins.

Les soldats de la souveraine se joignent à eux pour les aider et, quelques minutes plus tard, ils arrivent devant le navire de la reine.

Ils le regardent avec un sourire et sont étonnés.

— Ce qui l'est beau, dit de joie Raphaël.

— Merci mon cœur, réponds le prince Olivier.

Ils s'approchèrent doucement du navire et le regardèrent avec joie.

— J'aime comme c'est fait, dit Alice.

— J'ai aussi pensé à la même chose, à son tour, répond Bella.

La monarque les regarda avec le capitaine, très incrédule.

— Que ce que vous avez ? demande la capitaine.

— Rien s'est que le bateau nous tape à l'œil, répondit Raphaël.

Ils regardent attentivement le navire de Réas et de le quittèrent plus des yeux, tellement quel est magnifique.

La souveraine demanda à son fils :

— Tu as vu, il appartenait à ton père et me la laisser avant de partir.

— Maman, je savais bien que papa en avait une frégate.

Ils s'avancent doucement vers le navire en ne le perdant pas de vue.

Chapitre 4
L'Odyssée

La reine présente ensuite son navire à tout le monde, avec un air joyeux.

Alice dit :

— Magnifique navire avec ses couleurs, elle dit.

— Je te remercie Alice pour ce compliment, répond la monarque.

Le navire était rouge, bleu et or avec une tête de phénix à l'avant.

Des marins et des soldats arrivent et installent des caisses sur la frégate.

C'est dans le sourire de tous que nos héros aident les marins et les soldats ont monté ce qu'il faut pour le voyage en mer.

Et ils montent ensuite dans le bateau, observent la mer rapidement.

Le capitaine a crié :

— Remonter l'ancre !

Les marins obéirent et le navire quitta lentement le port du royaume de Réas, qui partit pour l'archipel de Siatnerahc.

La reine s'installa dans une pièce privée.

Au moment où ils partent Raphaël, se mis sur le bord et se mis à chanter joyeusement avec le vent qu'il lui frappa sur lui en regardent les nuages, suivit du prince Olivier qui le rejoint sous les yeux d'Alice et Bella.

Après avoir terminé de chanter, le prince Olivier dit :

— Le roi a déjà pris de l'avance.

— Oui, il faut rattraper !

Même s'il trouve la bague avant, nous ne lui donnerons rien du tout, répondit sérieusement Bella.

— Ça ne sera pas lui que nous retrouverons, comme les deux dernières fois, raconte Raphaël au prince.

Alice écoute attentivement de son coin et nettoie ses saïs et ses étoiles de ninja.

— Elle brille mieux qu'avant, dit-elle avec sourire.

Raphaël se retourne et lui dit.

— Comment ? Tien, je vais faire la même chose avec mon épée et mon bouclier, il a répondu.

Il s'assit et commença à nettoyer son épée et son bouclier avec un chiffon qui se trouvait dans sa poche.

Quelques minutes plus tard, notre jeune héros décide de regarder par-dessus bord il posa son épée, et regarda l'océan et vit passer les dauphins.

— Bonjour, dit Raphaël en les faisant le geste de la main.

Le prince arrive et lui touche les côtes de Raphaël, et le serre fort.

— Je t'aime.

— Moi aussi.

Bella arriva à son tour et demanda :

— Tu sais où est la reine ?

— Elle est en bas dans sa chambre privée, répond le prince Olivier de Réas.

— En outre, nous devons aller la voir, ajoute Raphaël.

Alors ils descendent tous pour rejoindre la souveraine et la trouvent, ils la voient penser sérieusement.

Elle leva la tête et demanda :

— Qu'est-ce qu'il y a ?

— Non, on voulait vous voir, Alice répond.

— Vous pouvez me tutoyer.

Je ne suis pas comme le roi, explique directement la reine.

Nos héros se sont assis et ont discuté ensemble pour trouver une solution leur permettant de devancer Nomrad.

Le capitaine avec sa boussole et sa loupe calcule le temps qu'il faudra pour arriver sur l'archipel.

Les heures passaient et la nuit commençait à s'abattre sur l'océan après avoir parlé à la reine, ils sortaient tous tranquillement et partent chacun dormir dans leur cabine.

Pendant la nuit, alors que Raphaël dormait, la porte s'ouvrit et se réveilla soudainement.

Il sort rapidement son épée en or et voit que c'était Alice et Bella.

— Oh, désolé, nous ne voulions pas te faire peur, nous venons d'apporter ta brosse à cheveux, expliqua Bella paniquée.

— Ah, mais tu m'as donné une de ses peurs ! répond Raphaël en murmurant.

— Désolé, on va te laisser dormir paisiblement, s'est excusée Alice.

Elles posent la brosse sur la table et ferment lentement la porte de la cabine, et Raphaël rangea son épée et s'apprête à s'endormir.

Quelques minutes plus tard, le prince Olivier arrive dans la cabine, et, Raphaël retire l'épée une seconde fois.

— Mais c'est moi ! dit le prince avec panique.

— Ah, ça va, répondit Raphaël.

Inquiet, il ne s'attendait pas à ce dont le prince arrive directement.

— Tu penses que c'était qui ?

Notre jeune héros explique au prince qui pensait que c'était le roi qui était venu le tuer.

— Non, non, c'est moi, tu ne crains rien.

Notre héros posa son épée, regarde le prince et discute tranquillement.

— Olivier, je suis bien en sécurité avec toi, c'est pour cela que je t'aime.

Nos deux amoureux se regardèrent et s'embrassèrent doucement.

Le jour s'est levé sur l'océan, Raphaël debout regarda son compagnon et le prince se réveille après avoir passé la nuit avec lui.

Raphaël regarda l'heure et dit :

— Bon sang, il est neuf heures, je suis en retard !

— Reste un peu avec moi doudou, répond sensuellement le prince Olivier avec sourire.

— Pas maintenant, je suis censé m'entraîner avec Alice et Bella, explique Raphaël en s'habillant.

Le prince le regarda sans aller et le rejoignit quelques minutes plus tard.

Il a rencontré Alice et Bella et s'est entraîné avec elles, dans se soleil magnifique d'un beau matin éclaircit.

— Jolie mâtiné, raconte Bella.

— Oui, c'est splendide, répondit Alice.

Raphaël ne perdit pas son temps et demande de continuer l'entraînement et le finir rapidement.

Chapitre 5
Le chant des marins

Nos trois amies s'entraînent, et Alice demanda un conseil à Bella :

— Comment tu arrives à bloquer mes coups ? demande-t-elle sous les yeux des marins qui nettoient le pont, et des soldats qui étaient occupés à regarder leurs armes d'attaque.

Bella lui expliqua, et les deux femmes se battent entre elles en ricanent, et Raphaël s'arrêta pour ce posé sur un tonneau.

La reine les observa et estima qu'elles ont bien progressé.

— Vous avez bien progressé depuis la dernière fois, dit de joie la souveraine.

Elle demanda aussitôt où se trouvent Raphaël et le prince.

Le prince arriva et dit :

— Je suis la maman. Et Raphaël est juste assis sur un tonneau, dit-il.

— Ah d'accord, répondit Marianne.

Puis elle s'en va en descendant.

Bella dit :

— On continue ?

— Bien sûr, répond Alice

Le prince rejoint rapidement sa mère la reine et dit :

— Maman, tu es fatigué, arrête un peu, tu termineras plus tard, profite de la mer, lui dit-il en posant ses mains gantées sur elle.

— Oui, je continuerais cela plus tard, je suis épuisé, répond-elle en posant ses mains sur son visage.

Elle décide alors d'aller vers sa cabine se reposer.

Quelques heures suivent et la nuit arriva et tout le monde est réuni dans une grande pièce en mangeant savoureusement.

Le capitaine, face à la monarque, se leva et dit en levant son verre :

— Je suis ravie de vous accompagner dans ce voyage avec des gens formidable et extraordinaire, annonce-t-il.

Tout le monde sourit et le capitaine Benjamin leur propose d'écouter le chant talentueux des marins.

Nos héros acceptent avec grand plaisir, et terminent leurs assiettes, et se lèvent sortent à l'extérieur sous les étoiles, Raphaël se posa sur les genoux du prince aux côtés d'Alice et Bella.

La reine impatiente de découvrir le fameux chant.

Les marins sortent des instruments et lancent de la musique au beau milieu de l'océan.

Nos héros attendent, et les marins se mettent à chanter en chœur.

Ils dansent et chantent avec une touche d'humoristique qui fessait rire Raphaël et son compagnon.

Pendant qu'ils applaudissent, le chant des marins, les hommes du capitaine, proposent à nos héros de venir danser et Raphaël se leva et danse avec les marins avec leurs instruments en sourient sous les yeux des autres.

À la fin de leur chant, la reine Marianne et le prince disent :

— Magnifique chant ! disent-ils joyeusement.

— Nous vous remercions sincèrement de votre compliment Majesté ! disent les marins.

Les marins demandent, si l'un de nos héros sait chanter.

Raphaël s'assit et chanta sous les étoiles et sous la pleine lune.

Ils écoutent Raphaël chanter dans un heureux événement, et une fois qui l'a terminé, il dit directement :

— Il est tard, on va aller se coucher.

— Oui, bonne nuit, Raphaël.

Et il s'en alla dans sa cabine, suivit des marins.

Le prince Olivier le rejoint quelques secondes plus tard.

Bella demande au capitaine Benjamin :

— Nous serons bientôt arrivés ?

— Normalement demain matin, lui répond le capitaine.

La reine dit qu'effectivement, ils arriveront demain matin.

Tout le monde commence à avoir peur du roi est espère ne pas le croiser en chemin.

— Pensez-vous le croiser, une fois arrivée ? demande le capitaine.

— Non, je ne pense pas, répond la reine Marianne.

Un peu paniqué, et sans s'en occuper, Marianne dit :

— Bonne nuit à vous, dit-elle.

Elle descend dans sa cabine, sous les yeux des autres, et ainsi, Alice, Bella et le capitaine descendent alors chacun dans leurs cabines en se disant bonne nuit.

Dans leurs cabines, tout le monde dorment paisiblement, et Raphaël regarda attentivement, le plafond en bois et y réfléchit.

— J'imagine, un danger majeur, se dit Raphaël.

Mais sans plus penser à rien, notre jeune héros, finit par s'endormir avec une grande joie de bonheur, en pensant à un avenir magie et de bonheur.

Chapitre 6
L'Arrivée

Le lendemain, matin, nos héros se lèvent très tôt, tous présent sur le pont du navire, il regardèrent par-dessus bord et voient qu'ils arrivent sur l'archipel de Siatnerahc.

La reine se réjouit et pense arriver devant le roi.

Elle dit alors :

— Nous voilà ! Il faudra visiter les îles les unes après les autres, elle dit.

— Il sera nécessaire de rester ensemble pour les avoir à jamais, explique Raphaël.

— Oui au cas où le roi serait déjà là, raconte Bella.

Alice pense qu'elle a un mauvais pressentiment et dit qu'elle est d'accord avec Bella.

Elle dit :

— Il me fait peur.

— Ne t'inquiète pas Alice, le principal, c'est que l'on soit arrivé, répond le prince Olivier.

Raphaël sourit avec impatience pour découvrir les îles.

— Nous ne connaissons pas les noms des îles ? disent nos amies.

La monarque a expliqué que les îles sont habitées à l'exception de deux d'entre elles et que leurs noms ne sont pas importants.

Bella dit :

— Finalement arrivée après tout ce temps de navigation, elle dit.

— Oui, j'en ai marre de tout ça. Alice répond.

— Mes enfants, c'est le risque, répond le capitaine Benjamin.

À quelques kilomètres de l'un d'eux, Raphaël demande au capitaine :

— Comment s'appellent les cinq îles ? demande-t-il.

C'est là que nous allions, c'est l'île de Xia, celle qui se trouve derrière, c'est la plus grande, c'est l'île de Norélo, puis derrière nous, l'île Blanche, a expliqué le capitaine.

— Ce sont les trois habités ? demande Raphaël.

La reine s'approcha et répondit brièvement :

— Oui, c'est exactement ça, et les deux inhabités sont Emadam et Elôn.

Alice sort ses saïs et ses étoiles ninja et s'assit sur un tonneau pour les nettoyer une deuxième fois.

Bella s'approche d'elle et demande si tout va bien.

Elle lui répondit :

— Je n'avais pas peur au début, mais je commence à avoir très peur. Il faut s'accrocher ! s'exclame Bella.

Raphaël est venu lentement vers les filles et a expliqué que tout irait bien.

— Nous avons réussi jusqu'à présent, pourquoi nous ne réussirons pas ? Raphaël a demandé à Alice.

— Bella a raison, il faut s'accrocher !

Bella regarda alors Alice, d'une aire joyeuse, mais Alice se leva lentement et répondit :

— Oui, on va réussir !

C'est ce que j'appelle du courage, dit en harmonie la souveraine de l'autre bout du pont.

Sous les yeux du capitaine, des marins et des soldats, nos trois amis s'embrassent.

Le prince s'approcha d'eux et demanda à Alice :

— Je peux essayer tes armes ?

— Oui bien sûr, répond Alice en lui tendant ses armes.

Le prince s'empare des saïs et des étoiles ninja et les essaie avec sourire.

Soudain, Bella s'approcha de lui sous le regard de Raphaël et lui passa son cerceau de boomerang.

— Essaye-moi ça, on va voir ? demande Bella en souriant.

Le prince attrapa le cerceau de Bella et le jeta dans n'importe quelle direction. Le cerceau partit dans toutes les directions et tomba accidentellement sur Raphaël.

Il tomba à terre et le prince Olivier courut vers lui avec Alice et Bella et le souleva.

— Tu vas Bien ? s'inquiète le prince.

— Mais j'ai beaucoup de douleur en ce moment, tu ne m'as pas vu, j'étais justement là, expliqua Raphaël en tourbillonnant.

Au même moment, le capitaine cria :

— Nous voilà !

La reine est arrivée et a rejoint le capitaine.

— Nous voilà proches de l'île de Xia, raconte la reine Marianne.

Et nos amies s'approchent du bord de la frégate et observent l'île de loin.

— Je vois rien, c'est petit, dit Raphaël.

— C'est normal, avec l'éloignement, mais de près elle paraît grande, répondu le prince Olivier.

Raphaël sourit avec une joie immense et embrasse le prince sur sa joue en lui disant :

— Tu vois que tu es intelligent, mon cher Olivier.

Raphaël regarde de nouveau l'île de Xia avec Olivier et le reste des membres de la frégate de Réas.

— Raphaël, tu vois est si calme, demande Alice, sous les yeux de la reine Marianne.

— Simple, car, Nomrad, joue sur les émotions, c'est pour ça que je suis comme ça, répondit Raphaël.

— Bien observé, il faut que nous fassions la même chose, nous aussi, raconte la reine de Réas.

Raphaël souriant, ils regardent de nouveau l'île de Xia, dont ils s'en approchèrent.

Chapitre 7
Le courage du prince

Alors que nos amis n'étaient toujours pas accostés sur les plages de la première île, le roi les observa en même temps depuis sa boule de cristal et dit avec malveillance :

— Les petits monstres !

Gordon n'arrivera pas à temps !

— Qu'est-ce que tu vas faire ? répond en demandant Andrew, son serviteur.

Alia arriva dans le sous-sol et expliqua à son père le roi :

— Vous ne pouvez pas attaquer le royaume de Réas, ils ont mis un bouclier.

— Pas grave. Nous allons gérer, répond le monarque de Palès.

Il se concentra et envoya un message au prince Gordon.

Quelques secondes plus tard, Gordon avec des soldats sur le bateau noir entend un bruit dans son cerveau.

— Gordon, c'est le roi, il faut aller vite ! C'est misérable ont une grosse avance !

— Comment faire ? demande le prince Gordon.

— Je vais les bloquer ! il a répondu.

Gordon baissa les yeux au sol et ordonna aux soldats d'aller plus vite.

Le roi de sa boule de cristal a regardé nos héros avancés, il a décidé de provoquer une tempête gigantesque.

Il se concentra avec son sceptre à la main.

— Que vas-tu faire ? demande Alia.

— Il faut laisser Sa Majesté faire Alia. répond Andrew, le valet de Nomrad.

Le roi se concentra très sérieusement, et ses yeux deviennent noirs, le lieutenant Mitcha, ne comprend pas ce qui se passe.

Le lieutenant s'est approché de Sa Majesté, puis il a été éjecté de toutes forces avec la force que possède le roi.

Au même moment, sur le bateau de la reine, le capitaine Benjamin prit la parole :

— Il y a du vent.

La reine se leva et regarda à la mer.

— Qu'est-ce que c'est ? demande Raphaël.

— C’est le roi, répond la souveraine de manière inquiète.

— Ce minable !

Ils voient des nuages sombres s’approcher d’eux.

— Tout le monde a son travail, une tempête arrive ! décrètent la reine et le capitaine.

Le prince commence à avoir une légère panique et descend dans sa cabine.

Raphaël le regarda partir et le suivit, le trouvant, il lui demanda :

— Que ce que tu as ?

— Je suis maudit, je ne mérite pas d’avoir ton cœur, répond le prince Olivier en larmes.

— Mais non, mon cœur est à toi et rien que toi, je t’aime Olivier et je t’aimerai toujours. Raphaël répond en prenant le prince de Réas dans ses bras.

— J’ai peur des tempêtes, explique-t-il, sous les yeux de Raphaël abasourdi.

Pour l’aider à avoir le courage, Raphaël lui explique, de garder une confiance en lui, et ce, même s’il a peur ou non, de l’aimer pour toujours.

Le prince dit quelques minutes plus tard :

— C’est bon, c’est mieux, j’ai repris confiance en moi, se rassure-t-il.

— Ah, c’est merveilleux, rajoute notre jeune héros.

Pendant ce temps, le prince décide de prendre un peu de temps seul et de réfléchir.

Raphaël remonte sur le pont et rejoint Alice et Bella.

Alice dit :

— Tu as eu un courage courageux contre le roi, elle dit.

— Oui, bravo, le roi essaie de nous faire peur, ajoute Bella.

— Mais je n'ai rien dit ? Raphaël se demande.

Quelques minutes plus tard, le navire est pris dans la tempête créée par le roi.

— Mettez les voiles ! cria le capitaine aux marins.

Nos héros les aident à échapper au danger.

Le prince dans sa cabine pense ce que Raphaël a dit, puis leva sa tête sérieusement et s'est levé et est sorti sur le pont et les a aidés.

Alice dit :

— Enfin, il est là.

— Oui, vous n'allez pas combattre cela sans moi, je ne voulais pas vous laisserez seul, répond Olivier.

Bella sourit et continue les manœuvres.

Soudain, un nuage s'est approché de Raphaël et lui a donné l'image du roi qui lui a dit :

— Vous ne réussirez pas, je suis trop fort pour vous misérable, rit-il en souriant.

— Tu ne me fais pas peur ! répond malicieusement Raphaël.

Le nuage disparaît et Raphaël s'approche en courant vers la reine et lui demande :

— Majesté, peux-tu repousser l'orage avec tes pouvoirs ?

— Oui bonne idée ! répond la monarque de Réas.

Elle ferma les yeux et appela le froid, la neige et la glace.

Mais n'ayant pas commencé, une fumée blanche surgit de nulle part, et l'orage provoqué par le roi s'est éloigné et la mer s'est calmée.

— Bravo, maman ! Saute de joie le prince Olivier.

La reine expliqua qu'elle n'a rien fait, qu'elle n'avait pas commencée.

Les héros se demandent qui pouvait en être à l'origine.

Après avoir réfléchi et avant d'arriver sur la première île, le capitaine à la demande de la reine vérifiait s'il n'y a pas de piège ou de danger.

Il a ensuite pris des jumelles et a regardé l'île de Xia.

— Il n'y a rien de méfiant, on peut y aller, raconte le capitaine.

— Parfait ! Sortez les barques, nous accosterons ! décrète la souveraine.

Les marins préparent les barques et les jettent à la mer, nos héros y descendent et le capitaine et les marins restent sur le navire et nos héros se dirigent vers l'île avec les soldats.

Chapitre 8
Les îles

En naviguant sur plusieurs barques, ils naviguent avec des rames vers l'île de Xia.

— Magnifique cette île idéale pour aller en vacances, raconte la reine Marianne.

— Je suis totalement d'accord avec toi, maman, répondit le prince de Réas.

Ils naviguent toujours et ils arrivent sur la plage de l'île de Xia, ils descendent et marchent sur la plage pour découvrir l'île.

Raphaël dit en ramassant des coquillages :

— C'est sûr quel est jolie cette île, elle est petite mais jolie, dit-il.

— Oui, nous sommes du même avis, disent Alice et Bella.

— C'est une île habitée, rajoute la souveraine de Réas.

Et les habitants arrivent et les accueillent à bras ouvert.

Les habitants de l'île de Xia les approchent et les accueillent.

Ils étaient tous des petits personnages.

— Bonjour, tu es quoi exactement ? demandent Raphaël et le prince Olivier.

— Nous sommes des gnomes et des lutins, explique l'un d'eux.

Les gnomes demandent gentiment ce qui les amène ici et la reine Marianne leur explique leur venue.

— Je vois, tu cherches la bague en argent ? dit une femme gnome.

— Je me sens bien en toi, viens, on t'expliquera, on te donnera des détails sur la bague, répond un lutin.

Ils les suivent dans leur village, où il y avait beaucoup de femmes et d'enfants, qui allaient de temps en temps vers les mines et les terriers.

— Vous allez rencontrer le chef de l'île de Xia.

Bella demanda rapidement avec étonnement :

— On ne va pas rentrer dans une maison toute minuscule, on pourra à peine y entrer ?

— Mais ne vous en faites pas pour ça vous rentrerez facilement.

Ils arrivèrent ensemble devant la maison du chef de l'île de Xia et regardèrent depuis longtemps la façade éclatante de l'habitat.

— Attendez ici, explique un gnome.

Il rentra et discuta avec son chef pendant que nos héros attendaient à l'extérieur.

C'est ainsi que le chef de l'île est arrivé et a été informé et leur a dit que la bague n'était pas là.

— La bague n'est pas là, tout ce que je sais, c'est qu'elle appartient à une femme magnifique qui vit sur l'une de ces deux îles, c'est à elle qu'il faut s'enquérir, mais des conseils, la bague et très bien protégée où elle se trouve, explique et conseil le chef de l'île de Xia.

— Je pense que cela devra aller à l'île de Norélo, parle un gnome aux côtés des lutins.

La reine Marianne les a remerciés et Alice a demandé à rester pour la nuit, c'est avec ce sourire que le chef de l'île a accepté avec grand plaisir.

Raphaël décréta aux soldats de Réas :

— On va rester pour la nuit, l'un de vous doit aller prévenir le capitaine que nous rentrons demain.

Les soldats obéissent l'ordre et l'un d'eux quitta le village pour se rendre vers la plage prévenir le capitaine.

Le soir arriva et les gnomes et lutins réunis autour d'une table préparent et offrent leur spécialité de Xia et ses sous leurs rires et amusements qu'après le repas terminé, Alice se leva et alla dormir :

— Où tu vas ? demande le prince Olivier.

— Je suis fatigué, je vais aller dormir avec ce bon repas avec des gens merveilleux.

Les autres affirment leur fatigue et ils suivent Alice et ils finissent par s'effondrer tous en même temps.

Pendant que les gnomes parlent discrètement et disent entre eux :

— J'espère qu'ils réussiront ce n'est pas facile à trouver la bague d'argent aussi facilement pour des cœurs purs.

— Je suis d'accord, j'y crois moi. Allons dormir maintenant ! hurla discrètement un lutin en pleine nuit.

Mais Raphaël, ne dormait pas, il entendait la conversation, mais garde sa confiance aux gnomes et aux lutins, et sans se préoccuper, il se retourne vers le prince et prend la cape d'Olivier, et se couvre avec, et s'endort dans un sommeil profond.

Le lendemain matin au lever du soleil, sur la plage de l'île, avant de regagner le bateau, des femmes gnomes leur ont apporté des provisions pour la route de navigation.

— Tenez. Voilà quelques provisions pour le voyage et souvenez-vous de ce que l'on vous a dit sur la bague d'argent, raconte-t-elle en souriant de joie.

— Nous vous remercions beaucoup pour votre hospitalité et de votre précieuse aide, remercient Alice et Bella en prenant le panier.

Avec les soldats, ils grimpent dans leurs barques et quittent l'île avec le sourire et regagnent la frégate de Marianne en disant au revoir aux habitants.

Ils montèrent à bord du navire de la reine et le capitaine demanda :

— Un soldat ma prévenue de votre arrivée ce matin. Alors comment cela s'est passé ?

— Une merveille, nous devons aller sur l'île de Norélo avant l'île Blanche, répond le prince Olivier.

Et ils partent pour rejoindre l'île voisine, la plus grande de l'archipel, quant à eux, ils réfléchissent au cas du roi et se demandent s'il n'a pas trouvé la fameuse bague avant eux.

Quelques heures plus tard, ils arrivent à la deuxième île où ils accostent sur les plages de la plus grande île de l'archipel de Siatnerahc.

Ils marchent sur la plage avec les soldats et Bella raconta à Alice :

— Pas mal, elle est mignonne, mais toutes et grands ici.

— Ça doit être des géants qui vivent ici, répondit Alice au côté du prince de Réas.

Ils se dirigent vers un village en passant par une jungle avec des animaux des forêts.

Arrivés, ils sont de nouveau accueillis par les habitants de cette île qui se savait être bel et bien des géants.

Raphaël a demandé s'ils connaissaient la bague en argent.

Ils répondent :

— Oui, bien sûr, normalement, sur l'île Blanche, mais venez voir quelque chose, explique un géant.

Ils suivent alors les géants.

Il s'approcha d'un lieu qui représente une carte magique de l'archipel avec les cartes des royaumes de Réas et Palès.

Les géants marchèrent sur la carte magique au sol et leur donnèrent des conseils pour leur voyage.

— Comme les gnomes et lutins vous ont dit, la bague appartient à une femme splendide, mais de quelle île se trouve-t-elle ? demande notre jeune héros.

— Normalement sur l'île Blanche quand son image, je l'associe avec cette île, répondit la reine Marianne de Réas.

— Exactement, elle se trouve dans l'île Blanche elle seule pour vous aider pour trouver la bague d'argent. Raconte un des géants.

— Mais je vous conseille d'éviter l'île d'Elôn, explique un deuxième géant.

— Pourquoi ça ? se questionne Bella.

— C'est une île piégée de la cheffe de l'île Blanche installée au cas où les forces du mal viendraient s'emparer de la bague, mit en garde l'un des géants.

Le chef de l'île de Norélo arriva rapidement et leur expliqua quelques informations sur la bague.

— La bague est protégée par un bouclier invisible, seule la cheffe de l'île blanche vous le dira, a expliqué le chef de cette île.

Bella regarda le prince Olivier et la reine regarda Raphaël.

— Merci beaucoup, nous allons vous laisser, dit Alice.

— Très bien, bon courage pour votre aventure, explique en encourageant un géant.

Marianne regarda alors le géant, et lui demande avec un sourire précieux :

— Je vous remercie de votre soutiens, mais nous réussirons à retrouver la bague en argent.

Raphaël prend de l'avance avec le prince de Réas, sa main posé sur son épée en or, suivit par les autres.

Ils retournent à la plage, ils remontent sur les barques et partent rejoindre la frégate de Marianne.

Raphaël rame tranquillement, mais le prince le regardèrent alors Raphaël lui demande :

— Tu n'aies pas aimé l'île ?

— Si, mais c'est toi qui m'intéresse, murmure le prince de Réas.

Raphaël le remercia avec amour, et en silence il naviguent jusqu'à la frégate de Réas.

Arrivé, le prince s'approcha du capitaine Benjamin et lui dit :

— Cette fois-ci, il faut aller sur l’île Blanche, explique-t-il.

— Vous pensez, que sur l'île Blanche vous trouverez la bague en argent ? demande le capitaine Benjamin.

La reine Marianne, s'approcha de son fils unique en expliquant au capitaine :

— Les habitants de Xia et de Norélo, nous conseillent d'aller sur l'île Blanche, car, la cheffe connaît l'emplacement exact de la bague, mais j'imagine que cette femme est pleine de gentillesse, explique-t-elle.

Le capitaine sans dire un seul mot, s'approcha des marins et leur donne le mot d'ordre, et c'est dans ce moment de bonheur que les hommes du capitaine exécutent son ordre.

Alors le capitaine s'approcha de nouveau vers nos héros et dit :

— Les marins nous dirigent vers l'île Blanche, majesté.

— Je vous êtes quelqu'un d'extraordinaire, dit Raphaël.

Nos héros se séparent de leurs côtés et regardent par-dessus bord et au loin, ils virent l'île Blanche, qu'ils s'approchèrent de plus en plus vite.

Le capitaine Benjamin décréta aux marins d’aller plus vite en direction de cette île.

Chapitre 9
La fée

Pendant la navigation, la reine se questionnerait directement si elle réussissait sa mission.

— Je ne sais pas si je vais réussir ? elle dit.

— Nous sommes plus intelligents que le roi, répond Bella.

La reine lui donna raison et garda espoir.

Pendant qu'ils se dirigèrent vers l'île Blanche, le prince Olivier et Alice s'entraînent un peu ensemble.

— Vous vous défendez bien ! raconte Alice.

— Oui, même dans votre intérêt, j'y arrive.

Le prince Olivier sait qui parvient à contrôler son arc, qui a demandé à Alice d'essayer, mais elle a refusé, affirmant qu'elle ne voulait pas provoquer de catastrophe.

Quelques heures passent, la nuit tombe et ils arrivent sur la troisième île de l'archipel de Siatnerahc.

Ils descendent seuls dans les barques sans les soldats de Réas, et les marins ainsi que le capitaine, et rejoignent l'île Blanche.

— Fais-y très attention à vous ! s'inquiète le capitaine Benjamin.

— Mais ne t'inquiète pas pour nous, explique Raphaël en le rassurant.

Et ils naviguent jusque dans les côtes de l'île.

En accostant sur la plage, ils découvrent un paysage paradisiaque, les habitants de cette île arrivent et disent :

— Bienvenue dans notre île, mes amis ! disent les habitants.

— Qui est là ? demande Raphaël.

— Bien, regarde bien, ils ont répondu.

Ils ouvrent les yeux et constatent que les habitants de l'île ne sont que des fées et des elfes.

— Trop belle, j'ai toujours rêvé de voir ça, dit Alice à Bella.

Les habitants savent déjà pourquoi ils sont là et les emmènent à leur cheffe.

— Vous cherchez sans doute la bague en argent ? demande un elfe.

— Oui, c'est exactement cela, répondit la souveraine en marchant jusqu'à la demeure du cheffe.

Arrivés à la résidence du chef de l'île, ils entrent et voient une étoile blanche volée dans les airs.

— Bonjour cheffe ! disent les habitants de l'île.

— Vous obéissez aux ordres d'une étoile ? le prince Olivier se demandait.

— Oui ! disent les fées et les elfes.

Tout le monde regarde l'étoile et voit qu'elle grandit et fait apparaître une fée blonde vêtue d'un long cape avec une capuche blanche.

La fée dit :

— Bonjour, chers voyageurs, je sais que vous cherchez la bague d'argent, explique-t-elle.

— Comment le sais-tu ? Alice demande.

Les voyageurs viennent la chercher à notre île, répondit la fée.

Ils ont proposé un festin pour les marins et ont ordonné aux fées et aux elfes d'aller chercher les marins à bord du navire.

C'est dans ce crépuscule qu'ils exécutent l'ordre de leur cheffe.

Elle a également demandé à nos amis de la suivre à l'extérieur pour discuter de la bague en argent.

La reine demande :

— Sauriez-vous où se trouve la bague ?

La fée lui répondit avec plaisir :

— Majesté, déjà, je te félicite, et aux autres de ton incroyable parcours, tu as tout le cœur pur et sincère, comme votre mari.

— Vous l'avez connu ? demandent Marianne et Olivier.

La douce fée expliqua qu'elle avait auparavant connu le roi de Réas et qu'elle a assisté à sa gloire d'avoir protégé notre île, face à des personnes malveillantes, il y a quelques années auparavant.

Mais ils entendent, un étrange bruit, c'étaient les fées et les elfes qui reviennent quelque temps plus tard avec les marins, le capitaine et les soldats et elle répond :

— Montrez à ces messieurs les plats qui ont été préparés à leur arrivée, déclare la fée.

Ils obéissent et amènent les marins et leur chef et les soldats à la table.

La fée monta les marches suivies par nos héros et Raphaël demanda :

— Alors, dites-nous où se trouve la bague ?

— Là-bas, elle répond.

Elle a indiqué l'emplacement de la bague en pointant du doigt l'île d'Emadam, et les a prévenus.

— La bague est protégée du mal, et également protégée de beaucoup de pièges, faites attention, vous devez être courageux sur cette île, indique la fée en pointant l'île du doigt.

— Est-ce l'île Emadam ? Alice a demandé.

— Oui, c'est celui-ci. Cela prendra beaucoup de courage, dit la fée.

Elle demande au héros de la suivre à la table où se trouvent les marins et les soldats et de discuter tous ensemble dans la grande joie et la bonne humeur.

— Elle est trop belle, le modèle parfait de femme, murmure Alice à Bella.

— Pardon ? Questionne la fée.

Alice, se mit à paniquer et dit un peu effrayée :

— Pardon, j'ai dit que vous étiez belle, raconte Alice.

— C'est gentil, de votre part, répondit-elle.

Ils marchèrent en descendent des escaliers en végétal, en rejoignent les marins et les soldats.

Chapitre 10
La promesse

La fée a communiqué sur le chemin l'emplacement exact de la bague.

Elle dit alors :

— La bague et dans une grotte que vous trouverez facilement sur cette île, conseil-t-elle.

— C'est celui qui est inhabité ? demande Raphaël.

— Oui, le capitaine avait dit que deux d'entre eux étaient inhabités, a déclaré le prince Olivier.

Alice demanda s'il fallait s'attendre à quelque chose.

La fée répond :

— Il existe une barrière de protection contre les personnes malveillantes sur l'île d'Emadam, mais ont pièges, les personnes malveillantes sur l'île d'Elôn, mais en tout cas, seules les âmes pures le peuvent la traverser cette barrière protectrice sur l'île d'Emadam.

Raphaël a expliqué à la fée qu'ils n'essayaient pas de saisir la bague.

La fée dit :

— Il n'y a pas la nécessité de m'expliquer, le roi vous a lancé le défi de trouver la bague. Je vous fais confiance.

La fée promets à nos héros de les surveiller au cas où quelque chose se produirait.

Bella dit :

— Merci au nom de tous, elle dit.

Alice dit à son tour.

— Nous ne le toucherons pas, il vous appartient cette relique.

— Comme c'est gentil. Je me suis douté, raconte amicalement la fée.

Ils arrivent à la grande table, ils s'assirent et mangèrent tranquillement, la reine Marianne s'inquiéta pour le roi et la fée la rassura que le roi ne pouvait pas franchir la barrière.

De son côté Nomrad, était dans sa salle du trône, il tournait dans toutes les directions, mais il sentait un mauvais présage.

— Majesté ? demande Andrew.

— Je sens quelque chose de mauvais ! s'agace Nomrad avec son aigle noir sur son épaule, et son sceptre en main.

Il demanda à Andrew de lui apporter sa boule de cristal au sous-sol, pendant que Alia et Mitcha entrent dans la salle du trône.

Andrew marcha vite dans les couloirs et descend les escaliers.

Quelques minutes suivent, Nomrad était assis sur son propre trône caressant son aigle noir.

Alia et Mitcha le regardèrent, mais attendaient une chose, c'est son plan.

Andrew arriva avec la boule de cristal, qu'il remet au roi de Palès. Une fois en main, et sous les yeux des soldats de Palès, il les observa sérieusement depuis sa boule de cristal et déclara en riant méchamment :

— Ils sont trop bêtes, ils ne savent pas que je les surveille aussi.

— Majesté, il faut prévenir le prince Gordon ? raconte Mitcha.

— Nous allons le prévenir ! déclare Alia au côté d'Andrew.

Le roi Nomrad donna raison à Mitcha et décida de le prévenir et de lui communiquer l'emplacement de la bague d'argent.

C'est dans ce vent de ténèbres qu'il ferma ses yeux et contacta Gordon par télépathie.

Le prince de Palès sur la frégate de Nomrad de Palès senti en pleine nuit.

— Gordon, c'est ton père évite l'île d'Elôn et vas sur l'île d'Emadam ! dépêche-toi.

— Oui père ! hurla Gordon discrètement.

Il ordonna aux troupes de Palès se naviguer plus rapidement vers l'île d'Emadam.

Dans la salle du trône de Nomrad, Andrew son valet lui raconta :

— Il est loin de l'archipel de Siatnerahc.

— Mais, s'il y navigue plus vite, on a une chance de remporter la bataille contre Réas ! lui explique le souverain.

Mais pendant ce temps, sur l'île Blanche, les repas furent finis, la fée suggéra à nos amis de rester pour la nuit, ce qu'ils acceptèrent et elle demanda à Raphaël :

— Sais-tu comment danser ?

— Oui bien sûr pourquoi ? Raphaël se demande.

La fée a expliqué que les fées et les elfes aiment danser dans une nuit au clair de lune sous les étoiles.

La reine Marianne demande à son fils Olivier de danser avec Raphaël.

Il se leva et tendit la main et Raphaël dit :

— Je n'ai pas ma tenue de bal.

Les fées s'approchent et se retournent autour de Raphaël, et lui font apparaître sa tenue brillante rose magenta.

Ils se prennent doucement la main et dansent ensemble sous la musique des habitants.

Ils s'éloignent, dansent, chantent et marchent un peu sous les étoiles et la pleine lune.

La reine Marianne et les autres n'interviennent pas, et les laissent seuls tous les deux.

Après avoir longuement dansé, Raphaël et le prince Olivier marchent tranquillement vers un clocher pointure, teintée de noir et blanc.

Raphaël la trouva magnifique :

— Elle est magnifique cette tour, dit-il.

— Je suis d'accord avec toi, répondit le prince Olivier de Réas.

Ils la regardèrent longtemps et continuèrent à marcher tous les deux vers un jardin situé derrière la tour.

Ils y entrent et trouvent un banc blanc en verre cristallisé, entouré des fleurs blanches cristallisées, et aussi, le parc possède beaucoup de cristaux présents sur les lieux, et s'assirent et se tiennent par la main.

— Je t'aime, expliqua le prince Olivier.

— Moi aussi. Raphaël lui répond.

Ils se lèvent et s'embrassent tendrement et rejoignent les autres avec un sourire.

Alice dit :

— Ils sont de retour !

— Vous avez pris du temps, je pensais que vous aviez été perdu, s'inquiétait la souveraine.

— Désolé, ils ont été plongés dans un bonheur qui n'a pas vu le temps passer, répondent Raphaël et le prince main dans la main.

La fée s'approcha d'eux et dit rapidement avec sourire :

— J'ai quelque chose à vous montrer, si vous voulez me suivre.

Ils suivent la fée, très incrédule, savoir ce qu'ils les attendent.

Ils arrivent dans un petit parc orné magnifique fleurs blanches et de cristal.

— En fait, nous ne connaissons pas votre nom ? demanda Bella à la fée.

— Je m'appelle Blanche, c'est pour ça que mon île est appelée ainsi, elle répond.

— Comme c'est curieux, je me surnomme souvent la reine Blanche et ça représente Réas, s'exprime la souveraine de Réas.

— Majesté, votre mari y était venu, il y a longtemps, et pour me souvenir de lui est de son courage pour nous avoir protégés, j'ai décidé de transformé l'île comme si on était à Réas, afin de me souvenir de vous, explique la fée toute joyeuse.

La fée sourit et elle s'approcha d'un banc en cristal sous l'œil vigilant de nos héros.

Elle s'agenouille lentement sous les yeux de nos héros qui ont l'aire de ne rien comprendre, et elle sortit une boîte en métal doré qui, selon elle, pourrait les aider dans leurs aventures.

Chapitre 11
Les cadeaux

La fée posa la boîte sur le blanc et l'ouvrit.

Une lumière éblouissante envahit le jardin et Raphaël dit :

— Ah mes yeux.

— Je ne peux plus voir ! cria Alice.

Ils ferment les yeux pendant quelques secondes et la fée leur dit qu'ils peuvent les rouvrir.

Ils ouvrent les yeux et se rapprochent de la boîte.

Elle sort cinq colliers en argent avec un diamant bleu, les colliers étaient les mêmes que celui déjà porté par la fée.

Elle offrit à chacun de nos amis et leur dit :

— Majesté ne t'inquiète pas, ces colliers sont magiques, votre mari me les a offerts en adieu, je pense qu'ils doivent vous revenir à vous, explique la fée.

— Pouvons-nous les utiliser à n'importe quel moment dramatique ? demande la monarque.

La fée leur a expliqué que Philippe de Réas lui a dit qu'il s'agissait de colliers, ce qui peut les protéger en cas de problème.

— Merci beaucoup ces colliers sont jolis. Alice répond.

La fée a demandé à nos héros de leur laisser leurs armes et de s'éloigner.

— Pose vos armes et reviens ici, demande la fée à nos héros.

Ils partent tous déposer les armes et reviennent aussitôt.

La fée leur dit de penser à des choses spécifiques et d'appuyer sur leur diamant bleu.

Le prince pensa à son arc et à ses flèches, et se pencha sur le diamant, quand l'arc au loin trembla et disparut dans le ciel et réapparaît entre les mains du prince sous les yeux de sa mère, la reine.

Les autres reproduisent la même chose.

— C'est génial, merci ! dit joyeusement le prince Olivier face à la fée.

— Je vous dis aussi que les colliers selon Philippe, ils détiennent un pouvoir important, raconte la fée Blanche.

Mais en regardant les armes de nos héros elle se mit à dire :

— Mais savez-vous que vos armes, je les ai faites avec l'aide d'autres fées et des elfes, et qu'elles peuvent te protéger du roi.

Raphaël, étonné, n'attendit pas cette réponse.

— Ah, eh bien, je pense que ce sont des armes normalement fabriquées, et c'est le moyen de vaincre le roi pour toujours, répond Raphaël.

— Exactement ! Mais les armes ont été fabriquées par un matériau spécial que nous a laissé le roi de Réas.

— Papa ne nous l'a jamais dit, hein, maman, s'étonne le prince Olivier.

— Oui, c'est vrai, répondit Marianne.

La fée sourit, et pour les aider plus elle conseilla :

— Je peux également vous donner un raccourci pour atteindre l'île inhabitée d'Emadam plus rapidement en quelques minutes, indique la fée.

Elle sort une carte de la boîte et la donne comme deuxième cadeau.

Elle leur montra le chemin rapide vers la quatrième île en quelques minutes et le remet à la reine Marianne.

Nos héros l'ont remerciée et chacun embrasse à son tour la fée.

— Merci, mais je suis fatigué, je vais aller dormir, raconte Raphaël.

— Bonne idée, je vais faire pareil, répond Bella.

Et ils vont rejoindre les autres fées, les marins et les soldats, quant au même moment, la reine fait tomber accidentellement la carte que la fée ramassa et lui rendit.

Le prince dit :

— Bonne nuit à tous, il a dit.

— Je vous remercie.

Ils arrivent et s'allongent paisiblement et sans dire un mot, ils s'endorment rapidement et se reposent jusqu'au lever du soleil.

À l'aube, la reine Marianne se réveilla et trouva Raphaël, dans sa tenue quotidienne, sa tenue rose magenta avait disparu, il était allongé dans les bras du prince Olivier, côte à côte, sous des roses blanches.

— Tout le monde debout ! décrète-t-elle.

Tout le monde se leva et Raphaël ouvrit les yeux.

— Quoi ? Que se passe-t-il ?

— Ont doit partir maintenant.

Il réveilla calmement le prince Olivier et se leva.

Nos héros rangeant leur affaire quand la fée arriva de sa maison avec un panier en main.

Elle s'approcha avec les autres fées et les elfes et leur dit tous :

— Voilà des provisions pour la suite avec la carte que je vous ai donné, il n'y aura pas de problème.

— Merci beaucoup pour l'hospitalité, remercia la reine de Réas en prenant le panier.

Quelques minutes plus tard, ils sont prêts à regagner le navire, que la fée Blanche est leur a dit personnellement :

— Bonne chance si vous avez un problème, appelez-nous.

— Merci, je vous appellerai si nécessaire, répondent Alice et Bella.

La fée sourit et garde espoir, elle explique à nos héros que s'ils se trouvent dans une mauvaise impasse, elle interviendra rapidement et immédiatement.

— J'arriverais en cas de besoin avec les elfes et les fées, explique la fée Blanche.

— Merci et merci à tous pour nous, répondit Raphaël.

Ils montent tous sur les barques, et quittent l'île Blanche et rejoignent le navire en criant « Au revoir ».

— J'adore cette belle île, je reviendrai bientôt, dit Raphaël.

— On reviendra, je te le promets mon cœur, répondit le prince de Réas.

Quand ils arrivent, ils montent sur la frégate de la reine Marianne.

Chapitre 12
La reine passe à l'action

Tout le monde se prépare à entrer dans le raccourci pour rejoindre la quatrième île, celle d'Emadam.

Raphaël dit alors au capitaine Benjamin :

— Tu es prêt ?

— Oui ! répondit le capitaine du navire de Marianne.

Alice est impatiente de découvrir la bague et dit :

— Est-ce que tout a déjà été pris ?

— Oui, nous avons tout bien pris, explique Bella.

Ils discutèrent ensemble depuis un certain temps.

Pendant ce temps, le capitaine Benjamin a vu au loin un navire noir et a alerté tout le monde.

C'est dans cette rapidité que la monarque de Réas arriva rapidement avec nos héros et déclare alors :

— C'est le navire de Nomrad faut faire vite !

— Il est déjà là lui ! hurla Alice.

La reine décide d'agir et ordonne aux marins de naviguer plus rapidement.

— Naviguez vite ! décrète la souveraine.

Le commandant de bord a examiné avec ses jumelles pour voir qui était à bord du navire et il a vu un jeune homme assis sur un trône en bois.

Raphaël a demandé :

— Passe-le-moi, je vais regarder.

Il a attrapé les jumelles, a regardé sérieusement et a décrit l'homme.

— Il porte des vêtements gris et une mini cape rouge.

— Je ne vois pas qui cela peut-être, répondit le prince Olivier.

La reine Marianne s'est approchée et lui a demandé de répéter, et Raphaël l'a décrit une deuxième fois.

— Le prince Gordon, le plus jeune fils du roi !

Ils se tournent pour faire face à la reine, avec un air choqué.

Elle explique que le prince Gordon, et même pire qu'Alia et le lieutenant du roi, qui doit nous être sérieusement méfiés, à côté de lui, les deux autres sont des débutants.

— Alia et le lieutenant sont des débutants au côté du prince Gordon. Mais le roi et beaucoup plus fort que lui, met en garde, la reine de Réas.

Le prince Olivier, demande à tous de s'armer jusqu'aux dents au cas où ils attaqueraient, et ont également demandé à aller vite, les marins naviguent rapidement et nos amis empruntent le raccourci pour atteindre l'île devant eux avec l'aide de la carte qui a était confié par la fée.

Peu de temps après, ils arrivent sur l'île d'Emadam en descendent dans les barques et naviguent vite, Benjamin dit :

— Je resterai sur la plage avec mes hommes.

La reine accepta la proposition et ils accostent tous rapidement avec les barques, sur la plage de l'île.

Ils arrivent sur la plage et voient le navire du roi au loin.

— Maintenant, allons-y avant leur arrivée ! crient Alice et Bella.

Ils voyagèrent tous ensemble sur l'île à la grotte que leur avait parlait la fée.

— Faut chercher la grotte chacun dans les coins de l'île ! décrète Raphaël.

C'est dans ce vent glacial qu'ils se séparent pour rechercher la grotte quand soudainement Belle cria :

— Je l'ai trouvé !

Les autres entendirent l'appel et arrivèrent vite la rejoindre.

Quelques minutes plus tard, nos amis retrouvent la grotte.

Mais au moment où ils s'approchent, une silhouette bleue apparaît dans les rochers en haut de l'entrée de la grotte, quand soudainement, la reine Marianne, sentie une merveilleuse nouvelle, elle regarda vers le ciel et voit qu'il n'y avait personne.

— Maman ? demande le prince Olivier de Réas.

— Oui ?

— Tu as l'air toute drôle ?

— Je pensais avoir vu quelqu'un en haut, mais c'est juste une illusion.

Le prince expliqua qu'il n'y a personne à part eux.

Cet homme cacher derrière un rocher, les regarda attentivement, et attendit longtemps.

Il n'était pas difficile de trouver la grotte sur une île aussi petite, Raphaël a raconté.

— C'est là que la grotte doit garder la bague, répond Olivier.

— Oui, c'était facile, à son tour, dit la reine Marianne.

Mais ils avaient remarqué qui avait une barrière protectrice.

Ils sont attentifs et le prince Olivier a remarqué la barrière le premier.

Venant juste d'arriver à la porte de la grotte, ils décident de réfléchir avant d'essayer quoi que ce soit.

Alice se souvient que seules les âmes pures peuvent le traverser.

— La fée a dit qu'elle sentait du bien en nous, alors on peut le passer.

— Oui, elle dit même que les âmes perverses ne pourraient pas le traverser et qu'elle les envoie sur l'île piégée, répond Raphaël.

Ils demandent aux soldats de rester devant la grotte et de surveiller les horizons, afin de se mettre en position de garde.

Raphaël décide de traverser le premier, et franchit la barrière, il a remarqué que c'était sans danger.

— C'est bon venez, il a dit.

Ils traversent la barrière entière et entrent dans la grotte.

Ils attrapent des torches et bougent lentement.

Alice voit sa torche s'éteindre et Bella la rallume très lentement.

— Merci beaucoup, Bella, remercie Alice.

— Il n'y a pas de quoi, Bella, répondit joyeusement Alice.

Ils marchèrent dans la grotte afin de retrouver au plus vite la bague d'argent.

Chapitre 13
La grotte

Avec les torches, Raphaël se précipite en disant d'un ton clair :

— On trouvera la bague avant leur arrivée ! cria Raphaël.

— Oui, dépêchons-nous, cria Alice.

Ils remarquent et trouvent un labyrinthe que la reine décide de tracer le chemin avec une corde.

— C'est sur la droite, dit le prince Olivier.

— Sûr ? Jetons un caillou, explique la reine.

Elle a ensuite pris un caillou et l'a jeté à droite, et a remarqué le piège dangereux, des lances tranchante, attaquent le chemin droit.

Ils prennent ensuite le chemin de gauche et continuent à lancer des cailloux pour éviter les pièges.

Quelques minutes plus tard, ils sortent du labyrinthe et arrivent dans une grande salle éclairée par un trésor.

Ils ont posé leurs torches et ont avancé.

— Génial ! Nous sommes riches ! Bella a crié.

— Peut-être, mais méfiez-vous de l'argent sale, répondit Raphaël.

— Pourquoi ? demande Alice.

— Qui laisserait une fortune sans protection, explique avec inquiétude, le prince Olivier.

Le prince avança lentement et ils s'aperçurent qu'il y avait bien un piège et cria :

— AHHH !

— Attention ! cria Raphaël en se jettent sur le prince de Réas.

La boule géante qui allait écraser Olivier et Raphaël, mais ils l'évitèrent de justesse.

La reine Marianne en ayant très peur dit :

— Nous avons échappé au piège, dit avec essoufflement Raphaël.

Elle a demandé à tous de ne pas toucher aux trésors, selon elle, ils appartiennent aux habitants de l'archipel.

Tout le monde obéit, et ils continuent doucement le chemin vers la bague d'argent.

Ils se dirigent vers le fond de la pièce et trouvent une grande statue.

— Il y a une statue en pierre, hurle Bella.

Ils s'approchent alors, de la statue, mais sans méfiance, ils s'en approchent trop près.

La statue leva les yeux et les attaqua.

Pendant quelques secondes, ils échappent aux attaques de la statue.

Raphaël se cacha derrière un rocher avec la souveraine, quand Alice expliqua doucement au prince et à Bella.

— Il faut que vous détourniez son attention, je vais aller en arrière, murmure Alice doucement.

Le prince détourna l'intention de la statue, et Raphaël derrière un rocher pour trouver un plan, il voit le prince tomber et dit :

— Relève-toi, vous ne serez pas battu par cette chose dégoûtante !

La statue se retourna et regarda Raphaël, avec un regard diabolique, quand Raphaël répondit avec panique :

— Non rien, je n'ai rien dis, dit Raphaël en se cachant de panique.

Alice est venue derrière, a grimpé sur la statue, a attenté de l'attaquer rapidement.

Avec l'aide de Bella, elle jetait ses étoiles de ninja aidé du cerceau boomerang de son amie.

La statue s'est effondrée et détruite en mille morceaux.

— Bravo ! cria la reine à Alice et Bella.

— Merci ! Merci ! répondent les filles en saluent la monarque de Réas.

Raphaël est sorti de sa cachette et s'est avancé et leur a dit :

— Nous continuons ?

— Oui, allons-y ! répondit le prince Olivier.

Et ils continuent leur chemin vers la bague, mais arrivent soudainement dans un nouveau piège, Raphaël a avancé le premier et voit le sol ouvert.

Il courra de l'autre côté et il fait des cascades impressionnant pour éviter les lames tranchantes et, puis, il arrive à l'autre bout de l'allée.

— Comment vas-tu ? cria le prince Olivier.

— Bien, il a sans doute un passage, hurle Raphaël.

La reine regarda attentivement les murs et trouva une tête de tigre, puis elle le retourna lentement.

Un passage dans le mur s'ouvre sur le côté qui donne accès à un passage secret.

— Il y a un passage, elle dit.

Ils empruntent ensuite le passage et trouvent Raphaël de l'autre côté.

— Il y avait un passage, mais quelle nouille je suis.

— Pas grave le principal ce que tu n'es rien, raconte Alice.

Ils avancent ensemble sur leurs gardes et trouvent cette fois une échelle.

Ils y montent en toute sécurité, et en montent au sommet et avancent à nouveau.

Alice dit :

— Je vois des choses qui brillent là-bas.

— Ça doit être la bague, répondent le prince Olivier et la reine Marianne.

Et ils courent vite pour trouver la bague.

En arrivant dans la grande salle, une lumière blanche domine la pièce, et nos héros perdent la vision avec l'éblouissement de la lumière.

Chapitre 14
La bague

Après tout, ils récupèrent la vision, et ils voient la bague en argent.

La reine Marianne dit :

— J'ai gagné ma mission, je suis plus fort que le roi, raconte-t-elle de joie.

Ils regardent la bague et remarquent qu'elle est blindée, ce que nos amis ont préféré ne pas toucher même s'ils le peuvent.

— Nous le laissons où il se trouve, il appartient aux habitants de l'archipel. Et on a promis à la fée qu'elle resterait, rappelle Raphaël.

— Je suis d'accord avec toi, répondit le prince Olivier.

Ils tournent autour de la bague en argent qui était belle avec un saphir bleu marine, avec un phénix bleu qui était représenté sur la bague.

— Ce qu'elle est belle ! Alice admet.

— Je confirme, avoue Bella.

Soudain, le prince Gordon arriva dans la salle et dit :

— Pas encore ! Cette bague est maintenant à moi ! il a dit méchamment.

Nos héros se demandent comment il a réussi à passer la barrière.

Le prince Gordon explique qui a passé la barrière de protection sans problème et qu'il a affirmé que le roi refusera de céder son royaume, promesse qui n'a pas été tenue.

— Je t'ai dit que le roi était un menteur ! s'exclame Alice.

— J'admets que tu avais raison, répondit Raphaël.

En les menaçant de son épée, le prince Gordon leur ordonne de sortir et de les envoyer vers l'extérieur pour les exécuter.

Quelques minutes plus tard, ils arrivent à l'extérieur et trouvent les soldats, les marins et le capitaine Benjamin sous les glaives de l'armée du roi.

Une fois dehors, le prince Gordon a ordonné à l'un de ses hommes de désarmer nos héros.

Le soldat qui s'est approché, a demandé de déposer les armes au sol, et nos héros ont obéi et les ont posées au sol, puis ils ont reculé lentement.

Le soldat s'est approché pour prendre leurs armes, mais a échoué.

Leurs armes sont protégées de l'influence du mal, que l'homme tente de saisir, mais les armes sont éjectées chaque fois qu'il essaie de les prendre.

Raphaël et les autres avaient les mains liées et observaient les hommes de l'armée de Nomrad.

Le prince Gordon l'a remarqué et utilise la télékinésie pour s'en saisir.

L'épée de Raphaël est passée entre ses mains avec succès, et Gordon s'en prend à ses soldats pour leur incompétence.

— Fichez le camps ! hurle Gordon, d'un ton clair et brusque.

Certains soldats reculent doucement et obéissent au prince de Palès.

Ainsi notre jeune héros ne croit pas ses yeux.

Vu en hauteur, l'homme caché regarda, nos aventuriers en mauvaise posture, et ferma ses yeux et avertie la fée Blanche.

Pendant ce temps, nos héros regardent l'ennemi et simultanément, Bella appuie discrètement sur le diamant bleu du collier pour avertir la fée.

C'est dans ce temps ensoleillé que la fée reçoit ce deuxième appel de détresse.

— Il y a bien un problème sur cette île, s'inquiète-t-elle.

Elle décide d'intervenir et appelle en même temps les habitants des îles de Xia et de Norélo.

Elle se concentra en fermant ses yeux.

Les habitants des deux autres îles entendent l'appel de la fée, qui leur explique la situation :

— C'est un problème sur l'île d'Emadam où se trouve la bague.

Les habitants des îles décident d'aller sur l'île d'Emadam pour aider nos héros dans cette lutte infernale.

Au même moment, le prince Gordon a déclaré :

— Bande de misérable ! Il a dit en clignant d'un œil à nos héros.

Sur l'île, le prince Gordon de Palès, décrète aux hommes de tous les tués, et emmené Raphaël à son père, le roi.

Le prince Olivier murmura à sa mère, la monarque de Réas :

— Utilise le froid, il a murmuré.

La souveraine ferma les yeux et appela le froid, la neige et la glace, pour repousser l'ennemi, mais quelque chose va bloquer son idée.

L'homme qui était caché dans les rochers, ferma ses yeux, et un nuage blanc et froid, apparaît entre les soldats de Réas et de Palès.

— Bien joué, Majesté, dit Alice.

— Mais, je n'ai pas commencé, qui a pu le faire ? se questionne Marianne.

Sans perdre de temps, et pendant qu'ils sont dans le nuage blanc, nos héros profitent de l'occasion, et arrivent à se libérer grâce à la reine et utiliser leurs colliers pour récupérer leurs armes.

Mais cet homme, après avoir prévenu la fée et avoir aidé nos héros, il ferma les yeux et sa silhouette disparaît dans les aires nos aventuriers parviennent à libérer des marins et des soldats, ainsi que le capitaine Benjamin.

Le nuage blanc commençant à disparaître, le prince Gordon les regarda.

Une fois leurs armes récupérées, une nouvelle bataille sur la plage et la campagne sur l'île a commencé.

Ils combattent les soldats de l'armée du roi et Raphaël s'approche du prince Gordon et le combat commença, mais ils ont remarqué quelque chose en lui, comme s'il pratiquait le bien.

Raphaël s'est arrêté et a dit doucement :

— De quel camp es-tu ?

— Tu n'es jamais demandé ? Mon pauvre si tu savais ! explique-t-il, le prince Gordon de Palès.

Et ils continuent à se battre entre eux, alors que Raphaël, bloqua l'épée du prince Gordon, mais l'ennemi était très redoutable et puissant.

Alors Raphaël recula et hurla au prince Olivier :

— Il est très fort ! hurle-t-il.

— Fait attention ! crièrent le prince Olivier et la reine Marianne de Réas.

Raphaël regarde alors un mur et l'escalade avec une rapidité, que le prince de Palès le poursuivit et tente de le blesser, sérieusement.

Chapitre 15
La quatrième bataille

Au cours de cette bataille, nos amis se défendent de toutes leurs forces.

Le prince Gordon avec deux épées est très puissant dans la lutte contre Raphaël.

Après avoir escaladé le mur, le prince Gordon, grimpa à son tour, le mur et affronte Raphaël dans ce combat infernal.

Les autres combattants contre l'armée du roi, cela envie rapidement une bataille dangereuse.

Pendant ce temps, la fée interrompt le combat et, d'un simple coup, rejette les troupes du roi avec l'aide d'autres fées et d'elfes.

Le prince Gordon a bloqué le sort de la fée et poursuit sa bataille contre notre héros.

De son côté, le roi observa attentivement le combat de sa boule de cristal assise sur une chaise dans son laboratoire secret et pensa :

— Gordon ne réussira pas ! se fâche Sa Majesté.

— Ces démons ne réussiront pas. Alia répond.

Le souverain garda espoir et regarda de nouveau dans sa boule de cristal.

Raphaël n'a pas grand, a attaqué le prince Gordon, entre eux, c'est un équilibre combat, auquel notre héros ne peut pas croire en qui doit faire face à quelqu'un de plus redoutable.

Ils se trouvent désormais sur la plage au-dessus du sable chaud.

— Je suis plus fort que toi ! dit le prince Gordon.

— Pas pour longtemps ! répond Raphaël.

Il a remarqué quelque chose de surprenant en lui et les autres pensent aussi la même chose.

La fée a volé dans le ciel et a aidé le prince, Alice et Bella, qu'il était dans une mauvaise position.

— Majesté, on a besoin de toi ? Bella a crié.

— Je suis occupé, j'arrive,

hurla la reine en stressant.

La souveraine se concentra et utilisa le pouvoir de la glace.

Elle intervient pour aider son fils et les filles et utilise également la neige et tue l'armée de Nomrad.

Le prince Gordon, voyez ça, a arrêté le combat et a dit :

— J'arrête ! en disant cela, en jetant ses deux épées à terre.

Raphaël ne rejoint pas les autres levés les yeux avec précaution.

Quand un géant soulève le prince Gordon, il en va de même pour les gnomes et les lutins qui l'attaquèrent depuis le sol.

— Laissez-moi ! Posez-moi ! le prince Gordon a crié.

Le géant a pris une fronde et l'a expulsée de toutes ses forces.

Pour sa part, le roi voit qu'il intervient pour sauver son fils cadet en amortissant sa chute par magie.

Quelque temps après, nos amis ont remercié les habitants des îles pour leurs interventions.

— Merci pour votre aide, remercie Raphaël.

— Rien est une promesse que nous avons faite, j'ai bien reçu vos deux appels de détresse, dit la fée.

— Deuxième, nous avons fait qu'un seul appel, explique Belle, sans comprendre.

— J'ai reçu un appel d'un homme, c'était bien vous.

— Non du tout, explique Raphaël incrédule.

Ils commencent à comprendre qu'ils n'étaient pas seuls ici, et Marianne explique.

— J'ai bien l'impression d'avoir vu une silhouette par là-bas.

Nos héros ne comprennent pas.

Et quelques secondes après, ils changent rapidement de sujet, et nos amis expliquent à la fée que la bague est toujours ici sur l'île.

— Ils n'ont pas pris la bague, dit Alice.

— Mais le plus étonnant, c'est que le prince Gordon a réussi à franchir la barrière et à prendre l'épée de Raphaël, ce que les soldats du roi n'ont pas réussi à prendre, explique le prince Olivier.

La fée leva la tête incrédule et dit :

— S'il a réussi à faire ça, il y a du bien en lui et il n'est pas méchant.

— J'ai remarqué quelque chose en lui, comme s'il ne voulait pas ça, mais pourquoi ? demande Raphaël.

— Le roi, je suppose, répondit la reine Marianne.

Elle les a sincèrement remerciés pour leur honnêteté et nos amis ont décidé de retourner dans le royaume de Réas.

— Allons-y, Édouard, Céline, Charles et Rose doivent être inquiets, explique la reine.

Nos amis les remercient, puis les embrassent joyeusement avec leurs grands sourires qui se voient sur leurs lèvres.

Ils s'approchèrent tous de leurs barques et Alice cria :

— Vous allez me manquer, nous reviendrons vous voir plus souvent.

— Bien sûr, la porte s'ouvrira toujours pour les bons cœurs honnêtes de votre espèce, répondit la fée.

Le prince Olivier prit rapidement la main de Raphaël et lui dit discrètement :

— Tu es courageux, je suis fier de toi mon amour, je suis heureux de t'avoir comme compagnon, en passant, j'en suis sûr et tu feras un merveilleux sous-roi à mes côtés.

Raphaël le regarda sérieusement avec son sourire, tenant son épée à la taille et dit :

— Olivier, toi aussi, ton père l'aurait dit s'il te voyait faire le travail merveilleux que tu fais.

Ils ont tous avancé sur le bord de l'océan et regardent la mer, puis remontent sur les barques, et quittent l'île.

En ramant, ils disent une dernière fois en criant « au revoir » aux habitants de l'archipel et regagnent rapidement le navire de Réas, ravis de rentrer chez eux.

— Allez, venez à la maison ! s'exclame le capitaine Benjamin aux marins.

Les hommes entrent dans leurs positions et le bateau navigue lentement et nos héros écoutent le son magique de la mer.

— Nous avons réussi notre mission, dit joyeusement Bella à la souveraine.

La reine sourit à son mari décédé pendant la guerre.

— Oui, Philippe serait fier de nous et de nous tous.

— Qui est Philippe ? Alice a demandé.

Olivier s'est approché d'elle et lui a réexpliqué que Philippe est le roi de Réas, mort à la guerre sur un terrible champ de bataille.

— Je suis désolé pour toi, dit tristement Bella qui avait oublié le malheur qui a été frappé.

Raphaël est arrivé et a expliqué que même si son futur beau-père n'était plus là, rien ne l'empêchait de continuer à vivre.

— Oui bien sûr, répondit la monarque de Réas.

Ils regardent de près la mer sur le pont et voient le navire du roi.

Le capitaine Benjamin décréta :

— enflammé le, on dirait un bateau d'enfer et sa porte - malheur !

Les soldats de Réas détruisent rapidement en utilisant des arcs avec des flèches de feu.

C'est à ce moment que le navire de Palès a brûlé et a sombré au fond de l'océan.

Raphaël a regardé sur le bord du navire de Réas lorsque le prince Olivier s'est soudainement approché de lui et a posé ses mains gantées sur ses épaules.

Raphaël s'est retourné et a décidé de le prendre dans ses bras, ils sont rejoints par les autres, ils regardent la mer avec un sourire.

Et ils naviguent, heureux dans ce temps ensoleillé

Et ils retournent au château de la reine à Réas.

Les prochaines aventure dans :
Raphaël 5 et la Pierre de la Destinée

Inspiration

La mythologie, l'histoire, les auteurs et la vie quotidienne mon beaucoup inspiré à l'écriture.

Remerciement

Je remercie très chaleureusement, mon entourage, pour m'avoir permis de m'aider, soutenir, crée, corrigé et réalisée ce livre…

Et bien entendu beaucoup d'auteurs notamment :

comme l'écrit et réalisé par :

C.S Lewis, 20th Century Fox et Walden Media
(Le Monde de Narnia et l'Odyssée du Passeur d'Aurore)

Charles Perrault et les Studios de Walt Disney
(La Belle au Bois Dormant)

Les Frères Grimm et les Studios de Walt Disney
(Blanche-Neige et les Sept Nains)

qui m'ont inspiré.

Imprimé en Allemagne
Achevé d'imprimer en juillet 2020
Dépôt légal : juillet 2020

Pour

Le Lys Bleu Éditions
128, rue La Boétie
75008 Paris